LES AMOURS DE LA JOSON

LES

AMOURS DE LA JOSON

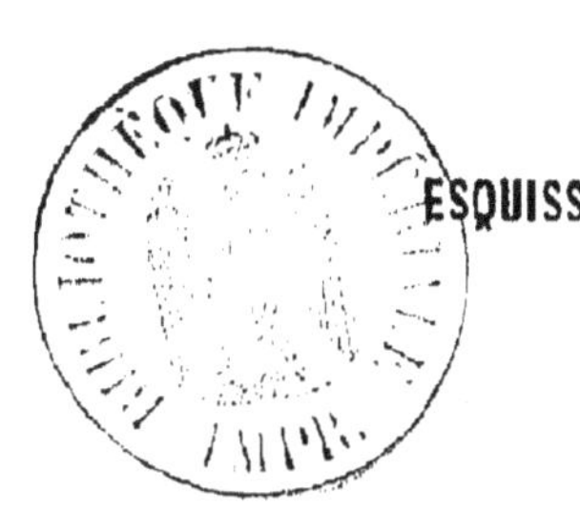

ESQUISSE DES MŒURS DU VIEIL ANNECY

PAR Mr JACOBUS

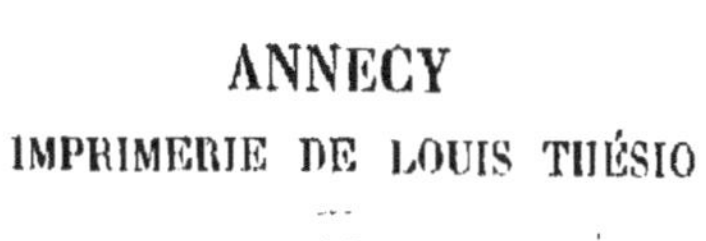

ANNECY
IMPRIMERIE DE LOUIS THÉSIO
1862

I

A deux heures d'Annecy, on trouve la campagne du Crévion. Elle s'élève sur la pente inférieure du côteau de Montagny, au-dessus d'un vallon planturеux, derrière un double rempart de collines aux noires futaies. Aujourd'hui propriété des hospices, le manoir délabré n'est plus qu'une habitation fermière; cependant il est en bel air, a belle apparence et conserve encore quelques vestiges du temps qu'il était le séjour des fêtes et des banquets joyeux. Au plafond de certaines chambres, dont le sol est encombré de bahuts, de linge qui sèche et de sacs de blé, des médaillons en guirlande gardent les portraits de quelques beautés du dernier siècle. Dans un compartiment du salon une musicienne à tête blonde touche du piano, au-dessous d'une colombe tenant banderole à son bec avec devise latine effacée à demi : pieusement on pourrait la prendre pour une sainte Cécile quelconque.

De la terrasse, plantée de vieux marronniers, on a une grande vue des montagnes. Le Semnoz, la Tournette, le Parmelan, plus loin le Môle et le Jura, au-dessus de tout la cime du Mont-Blanc, forment le cadre du paysage.

Le Crévion était, il y a cent ans, la résidence favorite d'un homme remarquable à plusieurs titres. François Aubert, chanoine de Saint-Pierre de Genève, tenait large et digne place au chapitre et à la ville. Annecy lui doit bien un peu de reconnaissance : avec le chanoine Dumas son ami, il fut le fondateur de notre bibliothèque publique. Envoyé à Rome comme postulateur de la béatification de vénérable mère de Chantal, il avait passé huit ans de sa vie dans cette capitale du monde chrétien. Pendant son absence, le chapitre de Saint-Pierre lui avait fait un passe-droit en donnant la préséance à R[d] Perréard, chanoine de nomination postérieure. Aubert s'en était plaint au roi Charles-Emmanuel, au ministre d'Orméa, et avait dit vertement son fait au chapitre ; il lui reprochait d'avoir favorisé Perréard parce que ce révérend était alors à la mode et qu'il donnait de bons dîners. Bref, ayant fini par obtenir réparation, Aubert s'en félicitait par sentiment de patriotisme : « Tout injuste passe-droit, dit-il dans une « de ses lettres, est un morceau difficile à digérer « dans l'estomac d'un Savoyard. »

A son retour de Rome, en 1740, ayant repris stalle au chapitre, il partageait ses loisirs entre la campagne du Crévion et le soin de la bibliothèque de ville qui occupait une partie de sa maison bourgeoise. Le jeune André, son neveu, l'unique rejeton de la famille, était surtout l'objet de ses soins les plus tendres ; l'éducation achevée, il songeait à l'établir. Or, le manuscrit dont nous allons rendre compte renferme le récit des peines et tribulations que lui a causées le mariage de son cher neveu.

II

Ce manuscrit contient 517 pages ; il embrasse une période de dix années, de 1747 à 1757. Il était renfermé dans une boîte en fer blanc hermétiquement close et scellée dans le mur d'un galetas de la rue Notre-Dame, où elle a été trouvée le 15 mai 1861 par les ouvriers de M. Lacombe, maître maçon.

Le manuscrit porte ce titre :

« X... — X...

« Histoire savoyarde qui n'a que les apparences du « roman, étant en tout très véritable, et comme telle « écrite par François Aubert, chanoine de Genève, en « l'année 1757. »

L'auteur nous apprend pourquoi il a caché son manuscrit ; après avoir dédié cette œuvre à l'un de ses arrière-neveux, il ajoute : « Je me vois contraint de prendre de grandes précautions pour que cette histoire, « qui est celle du mariage de votre cher père, et qui « par plusieurs bonnes raisons doit être tenue longtemps secrète, ne tombe jamais entre ses mains, « parce que très sûrement il la jetterait au feu, ayant « eu toujours une honte infinie du personnage extraordinaire, pour ne pas dire extravagant, qu'il a fait durant ses légitimes amours. »

Le chanoine dit ailleurs : « Il me faudra maçonner « moi-même cette histoire tragi-comique, ce qui « m'embarrasse beaucoup, n'étant ni faux ni franc-maçon. »

A toutes ces précautions, pour que son manuscrit reste longtemps caché, il a joint une liste de onze familles auxquelles on ne devra point le communiquer ; mais toutes aujourd'hui sont éteintes, et dès lors rien n'empêche de rendre publique cette histoire. Le chanoine pensait lui-même qu'elle pourrait plus tard être mise au grand jour. Tout préoccupé du soin d'en cacher l'existence à son neveu, il écrit en terminant :

« J'avais annoncé que je brûlerais tous les originaux « qui ont servi à cette histoire, de même que les deux

« *factums ;* mais j'ai pensé depuis qu'il convenait de ne « le pas faire. Mon neveu pourra donc se satisfaire en « trouvant tous ces papiers dans ma garde-robe après « ma mort ; et s'il les brûle, comme je n'en doute pas, « après les avoir lus peut-être par curiosité, il aura par « là moins de défiance sur la présente histoire qu'il ne « soupçonnera jamais que j'aie eu l'idée ni la patience « d'écrire. Il croira sans doute que tous mes écrits sur « ce sujet sont entre ses mains, et croira en les brûlant « qu'il ne sera jamais plus parlé de son histoire. Mes « arrière-neveux sauront si j'ai deviné juste ; et s'ils « ne trouvent point les susdits originaux que leur père « André aura brûlés en ce cas, ils comprendront que « j'ai bien fait de prendre de grandes précautions pour « sauver cette histoire, qui mérite assurément d'être « conservée par son extrême singularité, car un bon « esprit peut y faire de grandes et sérieuses réflexions « sur la force presque inconcevable que les passions « ont sur les hommes. . . . .

. . . .

« Les romans, qui sont des histoires faites à plaisir « au coin d'un feu par quelque beau génie, ne servent « tout au plus qu'à amuser les jeunes gens ; les per- « sonnes sensées dédaignent d'employer leur temps

« toujours précieux à lire des fables, méprisent avec « raisons ces sortes de livres. . . . .

« Mais quand les gens sérieux peuvent trouver des « cas pareils dans les histoires en tout véritables, ils « les lisent alors avec un plaisir infini, pouvant y étu- « dier à fond le cœur humain qui est après la religion « la science la plus nécessaire à l'homme dans quel- « que état qu'il puisse être. Sur ce principe j'ose dire « que cette histoire, dont je n'ai cherché qu'à conser- « ver le fond, n'ayant pas eu le temps de la polir, doit « faire plaisir à tout le monde, car étant en tout très « réelle et véritable, elle a encore tous les agréments « d'un vrai roman, ayant d'un bout à l'autre une infi- « nité de singularités qui paraissent des plus extraor- « dinaires, et qui par la réalité des faits attirent beau- « coup plus l'attention du lecteur et lui plaisent infini- « ment plus que la lecture des romans. . . . . .

. . . .

. . . .

« C'est surtout ce qui rend précieuse cette histoire « qui ne doit faire aucun tort à ma famille, André et « la Joson n'ayant manqué que par défaut de monde et « de politesse, mais ayant eu tous deux toutes les par- « ties essentielles des honnêtes gens, beaucoup plus « même que tant d'autres qui sont infiniment méprisa-

« bles, n'ayant que les susdites premières qualités. Mes « arrière-neveux peuvent donc, après la mort des « principaux intéressés, montrer avec discrétion ce- « pendant la présente histoire à de bons génies, sans « s'en faire aucune peine ni scrupule : c'est du moins « mon avis. »

C'était encore celui du R. P. Dumas, car le chanoine dit quelque part :

« La seule personne qui a eu connaissance de cet « ouvrage, le R. P. Dumas, prévôt des barnabites, « homme de beaucoup d'esprit, de science et de bonnes « mœurs, mon ancien ami et mon confident dans toute « cette intrigue, m'a toujours défendu de jeter au feu « une histoire qui est peut-être unique dans son es- « pèce. »

Il écrit encore ailleurs : « Viendra un jour que « ce grand secret ne sera plus si fort requis, et que « cet écrit, où la nature se voit telle qu'elle est, fera « plaisir à ceux qui sont curieux d'apprendre au vrai « de quoi les différentes passions sont capables, et « comment elles font agir et parler ou taire ceux dont « le naturel est différent du commun des hommes. »

Les motifs qui paraissent avoir déterminé le chanoine à cacher son manuscrit, c'étaient quelques récriminations personnelles ; or, nous avons eu soin de les supprimer dans notre analyse.

La publicité ne peut donc offenser personne. La mémoire d'André ne sera point blessée, parce que l'on dira qu'il fut un modèle de constance amoureuse ; l'ombre de la Joson ne sera pas indignée, parce que nous aurons appris à nos contemporains qu'elle fut une aimable et jolie femme.

III

Si l'auteur a voulu conserver cette histoire à cause des singularités qu'elle contient, ce n'est pas le même motif qui nous engage à la faire connaître. Les agréments que le bon chanoine y trouvait nous touchent fort peu. Laissons-le s'émerveiller à son aise sur la force inconcevable des passions ! Son récit offre un attrait qu'il ne pouvait guère soupçonner.

Ce qui charme dans les pages qu'il nous a laissées, ce sont les détails intimes sur les mœurs de nos pères ; ce sont des tableaux d'intérieur pris sur le vif, et qui nous apprennent ce qu'était il y a cent et cinq ans l'existence des bons bourgeois d'Annecy. Tel passage nous initie aux goûts, aux habitudes, aux pensées des hommes qui peuplaient notre cité dans le milieu du XVIIIme siècle. Tel autre passage ouvre à deux battants un de leurs salons de la rue Ste-Claire ou de la rue du Pâquier.

Un autre charme, dont l'auteur était loin de se douter, c'est que l'excellent oncle est lui-même le héros de son épopée. Sa figure est bien certainement la plus intéressante et la plus originale dans la galerie d'originaux qu'il a mise sous nos yeux.

Mais les faits et gestes du chanoine, les traits de vieilles mœurs, les tableaux intimes qu'il a semés dans le récit sont liés aux aventures d'André et de la Joson. Nous devons donc raconter après lui l'histoire très véridique de leurs très laborieuses amours.

En conservant au récit du chanoine son style, sa vive impression du passé, nous supprimerons toutefois les longueurs, les répétitions et plusieurs lettres inutiles. Que le chanoine ait voulu tout rapporter, qu'il se soit complu dans les redites, on le conçoit : il y mettait un peu d'amour-propre d'auteur. Si le digne homme n'a pas été amoureux de sa nièce future, il a du moins, en tout bien tout honneur, filé le parfait amour aux lieu et place de son neveu ; il lui dictait ses lettres les plus tendres ; il plaidait pour lui auprès de la belle en vers et en prose.

A côté de la haute mine de l'oncle, celle du neveu est certes un peu bien pâle; voici son portrait :

« Le caractère d'André est abstrait, peu affable, du « tout point prévenant; il est incapable de faire le per« sonnage d'amant badin et frétillant. Sa petite figure « n'est pas indifférente, mais son naturel a toujours été « peu poli. Le fond en est bon, mais les corps ne sont « pas diaphanes; c'est ce qui l'a perdu. »

La Joson était jolie et avait de l'esprit, *même du mâle et du malin*, dit le chanoine, *ce qui ne nous a que trop donné de peine!* Quelquefois, en badinant, on l'appelait *Mlle de la Tour du Pin*, parce qu'elle était propriétaire d'une petite métairie, avec tour et pigeonnier, au bas de la montée des Molasses, au-delà du pont des Arnons.

Le chanoine la connaissait dès le berceau. Etant vicaire à St-Maurice en 1731, il l'avait baptisée; il lui fit même à son entrée dans le monde beaucoup plus d'honneur qu'au commun des enfants. *A cause de M. son père qui était le meilleur médecin de la ville, à cause de M. le curé son oncle qui était le parrain*, le chanoine prit une chape, fit allumer six cierges sur l'autel, et reçut la fillette en grande solennité.

Elle était encore enfant à la mort de son père. Sa mère s'était remariée à l'avocat Ribitel, homme de plaisirs, grand chasseur et beau diseur. C'était lui qui, le 1er mai de chaque année, avant l'élection des syndics, et en sa qualité d'avocat de la ville, adressait au populaire le discours d'usage.

Les commensaux habituels de l'orateur du 1er mai étaient son frère, Rd Ribitel, de l'ordre des Barnabites, et son neveu, le P. Favre, de l'ordre des Jacobins. Rd Ribitel racontait volontiers qu'il était autrefois grand-vicaire à Bazas; mais le chanoine n'avait pas vu le diplôme de la charge, et n'en croyait rien; il n'aimait pas ce barnabite, *qui d'ailleurs était détesté de tous ses confrères*. Quant au jacobin Favre, c'était (toujours au dire du chanoine) un petit-maître fat et galant; il assistait régulièrement à la toilette de trois dames d'Annecy, Mme Magnin, Mme du Tour et Mme de Seyssel.

La famille Ribitel habitait tantôt Annecy, tantôt Alby, quelquefois Sillingy où Josette et sa mère possédaient de grands biens. En cas de célibat de la demoiselle, qui était unique enfant, les terres de Sillingy devaient faire échûte aux bénédictins de Talloires : aussi la mère et le beau-père étaient fort désireux de la marier.

Comme elle passait pour le meilleur parti de la ville, les soupirants ne manquaient pas. Le public, qui souvent fait les mariages, avait déjà décidé, tant les convenances étaient grandes, qu'André serait l'heureux mari de la Joson. Le bruit en était grand. Le chanoine voulut sonder le gué; il fit une première ouverture à l'avocat Ribitel, en se promenant un jour avec lui dans la rue de Notre-Dame. Le spectable (1) laissa voir que la proposition lui était agréable.

Le jeune homme plaisait assez à sa prétendue. Elle l'aimait un peu à la muette.

Le chanoine chargea son ami R[d] Dumas de s'enquérir à cet endroit des sentiments du neveu : mais, de ce côté, on ne trouva qu'une froideur extrême. André n'aimait alors que la vie de garçon, aucune femme n'avait encore fait battre le cœur de ce jeune et farouche Hippolyte. Il se faisait même une gloire de fuir le commerce des dames.

Quelques intéressés à rompre le projet de mariage lui avaient mis en tête que Mlle Josette était une Agnès dépourvue de tout esprit.

Le chanoine avait du projet de mariage touché quelques mots à son neveu, l'engageant à y réfléchir.

Peu après, sur la route du Crévion, le neveu fit connaître en ces termes le résultat de ses réflexions : « J'ai pensé à ce que vous m'avez dit, mais je pense que « je n'y pense du tout point. » Après cette superbe ré-

(1) Titre qu'on donnait aux avocats en Savoie avant l'annexion.

ponse, il fallut retirer les premières paroles échangées avec l'avocat Ribitel.

Cependant le public ne cessait de parler de ce futur mariage. Le jeune homme prit dès lors à l'égard de Mlle Josette un air de réserve et de hauteur dont la fine mouche s'aperçut bien vite.

Un jour, à Alby, après le dîner, l'avocat offrit aux deux jeunes gens des cartes de piquet, leur disant : « Tenez, jouez vous deux quelques parties au mariage. » La demoiselle prit bien les cartes ; mais André refusa constamment de jouer à ce jeu-là : on aurait dit qu'il s'agissait de lui faire signer son contrat de mariage. Un autre jour, invité à boire à la santé de la Joson, il fit sourde oreille ; l'avocat, voyant cette impolitesse, dit d'un ton haut en prenant son verre : « Eh ! Mlle Josette vaut bien un verre de vin ! »

Tous ces mauvais procédés mortifièrent la jeune personne. Son amour à la muette s'en allait grand train.

IV

Sur la fin de 1748, André dut partir pour l'Université. Il avait bien parlé un peu de se faire prêtre; le chanoine avait soufflé sur cette fausse vocation. Il fut destiné au barreau.

Après avoir achevé une première année de droit, il revint passer les vacances en Savoie. Durant ce séjour il vit beaucoup Mme Thérèse Magnin née Chardon. Cette jeune femme avait été donnée à un mari qu'elle n'aimait pas. Les douces confidences de l'incomprise amollirent le farouche Hippolyte; elles commencèrent à lui donner quelque tendresse pour la plus belle moitié du genre savoisien.

Les vacances finies, de retour à Turin, il entra au collége des provinces, s'y lia d'amitié avec Charlot Crochon, son condisciple et son compatriote.

Mlle Josette était cousine de Charlot et la confidente de ses amours. Charlot avait une passion malheureuse pour Mlle Henriette Brunier, qui fut plus tard Mme Dépouilly. Il écrivait ses peines de cœur à la cousine et en recevait des nouvelles de sa bien-aimée.

De la cousine Charlot avait dit beaucoup de bien à André, qui lut la correspondance, et ainsi put juger que la Joson n'était point, comme on le lui avait fait croire, une Agnès à 24 carats.

André écrivait avec facilité ; il proposa à Charlot de lui servir de secrétaire et de composer sa correspondance avec la belle cousine. La proposition fut acceptée : André faisait les lettres et Charlot les transcrivait.

Le faux Crochon écrit une première, puis une seconde, puis une troisième lettre, et reçoit les réponses ; à la quatrième il était affolé.

La demoiselle, de son côté, avait bien vite découvert l'amoureuse friponnerie du prétendu Charlot. La correspondance n'en devient que plus active.

Toutes les lettres de la Joson allaient de droit fil au cœur du neveu.

Pour les écrire, elle se cachait dans une vieille maison de sa mère au faubourg de Bœuf. Un coffre lui servait de bureau.

Quelquefois elle donnait au faux Charlot les nouvelles.

de la ville. Un jour elle écrit : « Les divertissements « du carnaval ne seront pas fort brillants. Les officiers « sont aux bourgeoises, de quoi les dames de condi- « tion sont fort piquées. » L'échange de lettres continue ainsi près de deux mois, sur un ton mi-parti de badinage et de tendresse.

Au bout de ce temps, André prend la résolution d'écrire à visière découverte. Il se démasque et signe de son nom. La réponse est gracieuse et permet d'espérer. Il charge son oncle de rouvrir les protocoles avec les grands parents.

L'oncle va du Crévion ä Alby rendre visite aux Ribitel. Il rencontre la Joson auprès d'un bois, vêtue en bergère, elle faisait paître un mouton frisé au bout d'un ruban bleu. Cette bergerie, renouvelée de l'Astrée, fait dire au chanoine qu'il a eu une vision de sainte Geneviève, et il écrit à André qu'il a trouvé la Joson plus jolie que jamais dans son attirail de simplicité.

Le chanoine, qui se flattait de connaître parfaitement la racine grecque du cœur humain, ne pouvait manquer de réussir dans son ambassade.

En recevant la bonne nouvelle, le neveu lui écrit : « Abstraction du collet, dérobez-lui un baiser, et con- « fiez-en à un zéphir autant qu'il en faut pour me faire « apercevoir, malgré le déchêt que produit le voyage,

« qu'il a été pris en forme. Oh ! pour le coup je suis « fol ! J'ai relu cette phrase, et je ne puis m'empêcher « d'en rire. Il est de votre réputation de ne pas me « laisser rire impunément. Nous avons un axiôme en « droit : *Quî mandat ut alter aliquod negotium gerat, « idem est ac si mandator per semetipsum faceret.* Si « vous ne le faites pas en forme, j'aurai une grande ac- « tion contre vous. »

Il écrit par le même courrier à Mme et à M. Ribitel pour demander leur agrément au mariage. Invitée par eux à déclarer ses sentiments, Mlle Josette cache avec soin sa pensée ; elle ne montre pas d'opposition, mais se fait presser, et finit par dire à M. Ribitel qu'il peut répondre ce qu'il jugera à propos, qu'elle souscrit à tout.

En conséquence, et pour conclure, on n'attend plus que le retour du jeune étudiant. On est au mois de mai ; il quittera le Piémont vers la mi-juin. Son impatience est extrême, son amour l'est bien davantage. Mais dès cette époque certains passages des lettres à son oncle font déjà pressentir l'écueil où son esquif viendra sombrer.

V

D'un caractère timide, concentré, André redoute la première entrevue. Le 25 mai, il mande à son oncle :

« J'ai fixé mon départ au dix du mois prochain, « ainsi je pourrai vous voir le quinze et vous témoi- « gner par combien de respects et de tendresse je serai « attaché au directeur de mes conquêtes amoureuses.
« . . . . . . Je n'ai pas encore acheté le bouquet .
« . . . .
« peste soit de la première entrevue! je sue d'avance. « Au reste, croyez qu'avec mon petit air nigaud je « pourrai donner leçon à Dompmartin ; il l'emportera « sur moi pour faire *le pied de veau* (le petit-maître) ; « puis, le père Dumas m'éduquera sur le bon ton. . . »

On lit dans une autre de ses lettres : « Mon Dieu ! « que cette première entrevue me pèse ! Il faut être

« un peu plus leste que je ne le suis pour laisser son « monde édifié. Comment tenir bon devant dix à douze « yeux qui semblent s'être malicieusement donné le « mot pour ne rien laisser échapper de mon premier « début ! . . . . C'est autant de guet-à-« pens pour me décontenancer dès la première révé-« rence. Il en sera cependant tout ce qu'il plaira à Dieu « et à la *sainte petite Geneviève*, etc. . . . . »

Le 9 juin il annonce qu'il part de Turin. « Je suis « bien curieux, écrit-il, de voir le progrès de votre « plantation (1) ; en fils chéris et reconnaissants, les « tilleuls et les marronniers s'empresseront dans quel-« ques années de prêter leur ombre pour garantir du « hâle la Joson votre bonne amie. . . . . . . J'ai en-« fin acheté des fleurs ; la sœur de Fleury m'a assuré « qu'on en faisait d'infiniment plus belles à Annecy ; « celles-ci sont cependant de Milan et des plus belles « qu'il y ait à Turin, etc. »

Le 16 juin il écrit de Saint-Félix. Le chanoine lui avait conseillé de faire, en arrivant, une visite aux Ribitel et d'entrer dans leur maison par la porte de derrière. Il répond : « Mon cher oncle, j'ai donc vu hier au « soir le fameux Chambéry qui ne le cède guère en lai-

(1) Les arbres de la terrasse du Crévion.

« deur à Annecy, quoiqu'il soit notre capitale. La place « Château, dans l'obscurité de la nuit, fournissait plu- « sieurs tête à tête. Il y régnait un doux zéphir qu'exci- « taient à ce que je crois maints et maints soupirs d'a- « mour. C'est ce que je conjecturai sur l'ondulation de « l'air, n'ayant pas encore l'odorat assez fin pour en « décider en habile connaisseur. L'on y voyait un tas d'al- « lans et venans qui semblaient prendre à tâche de vous « coudoyer ; ils poussaient leur curiosité jusqu'à vous « regarder sous le nez. Dans les petites villes, c'est « l'étamine des étrangers. Il se présenta le cas d'es- « corter une fort jolie personne, car il est du dernier « ridicule d'avoir les deux bras libres et la respiration « aisée et uniforme. Je n'en fis rien, sachant que ce « n'était pas la terre que je devais *incendier*. A propos, « mon cher oncle, vous m'avez marqué que je devais « ouvrir ma thèse ce soir vers les neuf heures. Un « honnête homme ne doit jamais prendre son monde « par derrière. Venir en bottes, tout d'une volée faire « la demande, cela sent trop le contrat ou un enlève- « ment. Je ne sais point si mademoiselle s'accommo- « dera d'un début qui sent un peu la présomption . .
« . . . . En amour il faut un peu « plus de mystère ; c'est un assaisonnement que de « dire : *Je vous aime tendrement, et j'espère que ceux*

« *dont vous tenez le jour ne désavoueront pas des feux*
« *aussi sincères* . . . . . C'est trop raffiner, me di-
« rez-vous. Je le sais. Aussi, si vous jugez à propos
« que je commence ma visite ce soir, envoyez-moi
« votre valet avec deux mots de lettre à la rencontre
« du Crévion où nous allons passer à la tombée du jour.
« Il nous trouvera vers les Molasses. »

Le lecteur voudra bien remarquer ces mots : « Ce « n'était pas la terre que je devais *incendier*. »

Hélas ! le pauvre garçon aurait bien dû se garder d'une velléité pyrotechnique ; elle lui valut plus tard le quolibet d'*incendiaire*. Nous allons voir comment il ne sût que trop bien le mériter. « Nous touchons, dit « le chanoine, au point capital de l'histoire ; ici com- « mence

« LA TRAGÉDIE : »

VI

Le 16 juin, à la brune, André et son ami Charlot descendent de cheval dans la rue Ste-Claire. Le chanoine les attendait chez l'avocat Crochon. Peu après, ils sortent pour aller souper au logis du chanoine.

Arrivés à côté de la chapelle qui existait alors au milieu du Pont-Morens, ils voient venir le professeur Fontaine, Mlle Constance Crochon et Mlle Josette. Le chanoine et l'avocat étaient à une vingtaine de pas en avant des deux *Piémontais*. « Voici la Joson, dit le chanoine, voyons un peu comment tout se passera ! » Il regarde des deux yeux, et l'avocat prend sa lorgnette. Mlle Constance embrasse son frère d'abord, André ensuite. Mlle Josette embrasse aussi le cousin Charlot, et le fait parler en attendant qu'on vienne à elle. Au lieu de l'aborder, voilà mons' André qui se tourne galamment du côté de l'abbé Fontaine, le salue, l'embrasse, cause avec lui, et ne fait aucune attention à Mlle Josette.

Justement blessée du procédé, elle reprend le bras de Mlle Constance, et s'éloigne vivement sans qu'on fasse mine de l'accompagner.

« Comment diable ! s'écrie le chanoine stupéfait, « est-ce ainsi que les Piémontais font l'amour ? Peut- « être que les manières ont changé ! . . . » Le père Crochon ahuri laisse tomber sa lorgnette. André les rejoint. « Eh quoi ! lui dit son oncle, n'avez-vous pas « reconnu la Joson ? » « Oui, sans doute, mais je me « suis mis à causer avec M. Fontaine, et voilà ! » A cette réponse, le chanoine hausse les épaules et ne sait plus que dire.

VII

Le lendemain, il donne à dîner à quelques amis. Avant de quitter la table, il avertit le neveu qu'il est temps d'aller faire ses révérences à la famille Ribitel. Ne pouvant l'accompagner lui-même, et redoutant l'incendie, il prie le R[d] père Dumas d'aller avec le prétendu. Le père Dumas avait lu toutes les épîtres du jeune homme; il pensait que l'amour lui avait mis le diable au corps, et avant de frapper à la porte, il crut devoir lui donner cet avis fort sage : « A propos, André, il faut bien faire les choses, mais il ne faut pas sauter sur la Joson comme un loup sur la brebis. » Admonition bien inutile.

M. Ribitel fait bon accueil aux deux visiteurs. On s'entretient de choses indifférentes, du voyage de Turin, dès cours de l'Université. Mais la Joson ne paraît pas. Encore piquée de la rencontre de la veille, elle affecte de ne pas se montrer au salon, et reste dans la pièce voisine d'où on l'entend causer et rire avec Charlot.

M. Ribitel l'appelle à deux ou trois reprises. Enfin, elle arrive, mais traverse la chambre d'un air froid, fait sans s'arrêter quelques révérences, et prend place en dehors du cercle dans un coin reculé. La conversation continue sur le même thème, Turin, l'Université, le passage du Mont-Cenis. Les assistants sont sur les épines. L'ennui les gagne. André, décontenancé, baisse les yeux, et ne dit mot. Le R[d] père Dumas, honteux d'une si sotte visite, y met fin en se levant. André se lève aussi, fait force révérences à M. Ribitel, et se retire sans avoir regardé la demoiselle.

Outrée, furieuse des manières du galant, elle rapproche cette première entrevue de la rencontre sur le Pont-Morens, et croit à un parti pris de l'offenser. Sa mère et elle se persuadent qu'André n'est point du tout amoureux, que le chanoine a mené seul toute l'affaire, que les lettres et les démarches du neveu n'avaient eu pour but que de faire la cour à son oncle.

De son côté, le chanoine se fait rendre compte d'une aussi inqualifiable conduite. Le pauvre André en est étonné plus que personne. Il ne sait quel funeste enchantement l'a saisi ; la crainte et le respect l'ont paralysé. Non seulement il n'a pas adressé le plus petit mot à la belle, mais il avoue avec candeur qu'il ne l'a pas même regardée ; et pourtant il proteste qu'il l'adore toujours.

La conversation de l'oncle avec son neveu est rapportée par un tiers dans la maison Ribitel. On se calme un peu. André fait une seconde visite, mais, comme à la première, il ne sait pas ouvrir la bouche. Rien ne le peut tirer de son assoupissement. La demoiselle se croit jouée ; elle en devient toujours plus furieuse.

Afin de porter remède à la situation, le chanoine dicte à son neveu une lettre touchante, pleine d'excuses et de tendresses. L'épître était bien tournée, et fit bien quelque impression : mais elle venait trop tard. L'amour-propre était blessé.

Peu expérimentée, ne connaissant l'autre amour que par les révérences, les sauts et les gambades des jeunes gens à la mode, ou bien par les mots galants que parfois il leur inspire, la Joson ne pouvait croire à cet effet bien étrange d'une passion qui va ôtant l'usage de la parole à ceux-là mêmes qui ont le plus d'esprit.

André se présente encore de temps à autre dans la maison, mais toujours en tremblant. Ses visites sont d'autant plus sottes, qu'elles sont reçues plus froidement. Il fait de mal en pis tout ce qu'il entreprend pour se réhabiliter. On va, on vient, on se tourmente ; « ou « plutôt, dit le chanoine, je faisais presque seul tout « cela pour remettre notre affaire en bon train ; mais « mon neveu, toujours incapable de parler ou d'agir, « détruisait dans une seule visite tout ce que j'avais « pu faire dans une semaine. » Le chanoine était condamné au travail de Pénélope.

VIII

M. et Mme Ribitel sont allés à Alby pour faire rentrer leurs foins. Mlle Josette est restée à la ville. Une parente d'âge mûr lui sert de chaperon.

Avec les beaux jours de l'été commencent les promenades *extra muros*. On met en train les petits goûters sur l'herbe dans les bois de Trézon. Il y a là une troupe de folle jeunesse qui ne cherche qu'à se divertir. Les cousines Crochon et d'autres belles personnes attirent les cavaliers. On remarque surtout la jolie Défavergette de Turin, et la charmante Gabrielle Perréard, surnommée *la belle piqueuse* parce qu'elle excellait à faire des tabatières d'osier.

André est de toutes les parties, mais toujours grave, toujours silencieux. S'il ose approcher de la Joson, c'est pour lui débiter des sentences. Naturellement distrait, il ne s'aperçoit point qu'elle l'observe et l'étudie. Il donne à son tour quelques goûters, mais il n'en fait pas galamment les honneurs. A table même, où ses compagnons se réjouissent fort, il fait une très petite figure. Au lieu de se poser, comme il convenait, en amant déclaré de Mlle Josette, il ne sait ni l'amuser ni l'entretenir, et va toujours s'accrochant aux bras des autres dames. Avec celles-ci bien disant et assez gracieux, auprès de celle qu'il aime il perd toujours la parole.

Dans ses meilleurs moments, s'il ouvre la bouche, il ne sait que trouver et redire cette phrase : « Soyez « persuadée, Mademoiselle, de l'intégrité de mes sen- « timents. »

En comparant les manières de cet amoureux transi aux belles façons enjouées et galantes des étudiants revenus comme lui de Turin, la Joson tire ce corollaire de bon sens : c'est que l'on calomnie le Piémont lorsqu'on attribue à son influence le peu d'amabilité du jeune homme. Elle croit, et plusieurs sont du même avis, qu'André est un bourru, un philosophe bizarre, bouffi d'orgueil et de vanité pédantesque. Aussi l'aigreur, qui avait déjà remplacé le premier penchant, tourne à l'aversion.

Un jour enfin, le malheureux, après avoir assuré la

belle de *l'intégrité de ses sentiments*, essaie de pousser plus loin sa déclaration. Elle l'écoute d'abord en dissimulant sa colère, puis le gasconne, le ravaude d'importance, et lui signifie un congé en bonne forme.

IX

Après cette rupture, furieuse d'avoir été leurrée, mécontente d'ailleurs d'avoir, à l'intention d'André, éloigné les galants, refusé même d'autres partis, elle trouve insupportable le séjour de la ville, et demande par grâce à sa mère de lui permettre de passer à Sillingy le reste de l'été.

Le chanoine opine qu'il est prudent de laisser filer cet orage. Mais l'amant congédié se désespère. Il proteste, pleure, supplie son cher oncle, et va s'enfermer au Crévion où il mènera la vie d'un ascète. Touché d'un si violent désespoir, le chanoine se sent porté de nouveau à renouer l'affaire.

Il reçoit de son chapitre la commission d'aller mettre les dimes à la Balme, paroisse voisine de celle de Sillingy. Il se propose d'aller surprendre la cruelle Joson dans sa retraite, et de lui lever de la tête toutes ses préventions. Il fait dire à son neveu de trouver un prétexte pour venir le rejoindre. M. Ribitel, grandement pressé de marier sa belle-fille, a de son côté le soin de l'avertir de la visite de l'oncle.

Après avoir terminé à la Balme ses affaires capitulaires, le chanoine monte à cheval et part pour Sillingy.

Il rencontre sur le chemin un jeune paysan qui venait de prendre et portait dans un panier une poule d'eau en vie. Fidèle au principe que les petits présents entretiennent l'amitié, il achète le joli palmipède qu'il veut offrir à la Joson.

Sillingy plaît au chanoine; il trouve ce village tout autre qu'il n'avait cru. « Je pensais, dit-il, que c'était « tout marécageux, mais point. L'air y est bon, et l'en« droit n'est pas indifférent. On y est à la vérité logé « comme paysans, mais à peu de frais on s'y donnerait « des aisances. Il y a de très beaux promenoirs, et « beaucoup plus qu'au Crévion. »

Il a du reste tout loisir d'admirer, car au moment de son arrivée la demoiselle venait de quitter la maison. Elle est allée se promener avec sa servante, et paraît prendre plaisir à dépister le chanoine qui s'est mis en quête. Il court à la ferme de Lusy, où elle n'était déjà plus. Il va ensuite à Quincy, autre grangerie qu'elle venait de quitter. Il la rattrape enfin lorsqu'elle était près de rentrer au logis. Il met pied à terre, est accueilli poliment. Elle le retient à souper. Il s'en défend d'abord, parce qu'avant de quitter la Balme il lui avait fallu goûter et boire avec les dîmiers. Bref! il finit par accepter.

A table, et tête à tête, le chanoine se plaint de l'arrêt inhumain qu'elle a prononcé. Elle lui répond gracieusement; et toutes les politesses qu'il en reçoit *lui font toujours plus souhaiter de raccrocher cette adorable fille* (sic).

Entre la poire et le raisin, il entame la justification du neveu; mais sur cet article la Joson se montre fort récalcitrante. Vainement lui dépeint-il en termes touchants la situation de l'amoureux retiré au Crévion *avec un morceau de pain sec dévoré par le plus violent désespoir*.

Elle retient à peine un éclat de rire, et assure le cher oncle qu'il est vraiment trop bon de croire à ce grand désespoir. « Sçavez-vous, lui dit-elle, ce que vo-
« tre beau neveu m'a répondu lorsque je lui ai donné
« son congé? Eh bien! il m'a dit avec la plus parfaite

« tranquillité d'âme : *Mademoiselle, me permettrez-*
« *vous du moins de vous voir quelquefois?* »

Ce trait inouï d'indifférence stupéfie le bon chanoine. Il proteste qu'il y a dans tout cela un malentendu extraordinaire, et qu'apparemment l'excès de son amour a rendu André méconnaissable.

Le souper fini, le chanoine veut partir. La demoiselle lui offre un lit, insiste, et pour le retenir elle a fait cacher la selle du bidet.

Il reste donc à coucher, et le lendemain reste encore à dîner. Un peu avant le repas, il entreprend à nouveau la justification du neveu; mais sur ce point il est de plus fort et vivement contredit. André se présente à son tour. La demoiselle est infiniment surprise de le voir. Pour donner le change, le chanoine s'écrie : « Eh!
« mon neveu, où donc allez-vous? » André fait son personnage à merveille; il dit d'un ton languissant :
« Mademoiselle, pardonnez-moi ma hardiesse! je suis
« à la recherche de mon oncle pour affaire pressante. »
Puis il se laisse tomber sur une chaise comme un homme que le chagrin accable, et reste court.

Le neveu ne disant plus rien, l'oncle reprend la parole, et ajoute à ses précédentes supplications tout ce qui se peut de plus fort et de plus tendre. Il est tellement pénétré de son sujet qu'il s'émeut et verse des larmes. Un peu émue aussi, *l'adorable fille* s'écrie : « Ah! messieurs! » se lève, passe un instant dans la chambre voisine, mais retourne bientôt d'un air parfaitement tranquille.

Entreprise de rechef et pressée de se déclarer, soit qu'elle veuille mettre fin à ces instances, soit qu'elle soit un peu revenue de ses préventions : « Monsieur, « dit-elle, n'a pas achevé son cours de droit, on a du « temps pour y penser. » Le chanoine réplique : « Nous en finirons, s'il vous plaît, pendant ces vacances « mêmes, car avec son amour mon neveu est tout à « fait incapable d'un travail suivi. »

En somme, et dans un dialogue de plus de deux heures, le chanoine dit tant et tant de belles choses qu'il aurait pu ramollir un caillou. Très certainement il aurait opéré une conversion complète, si André l'eût un peu secondé. Mais après les deux mots débités en entrant, mutisme complet.

Le charme et l'enchantement, qui lui nouaient la bouche, persistèrent jusqu'à la fin de la visite. Cela produisit un fâcheux effet. Aussi quelques jours après la Joson disait à M. Ribitel : « L'oncle a fait merveille, « mais le neveu n'a rien dit!... »

Ce propos, rapporté au chanoine, lui persuade que la place n'est pas absolument imprenable, et que l'on pourra s'en rendre maître si le neveu une bonne fois veut enfin parler.

X

Elle est toujours retirée à Sillingy.

L'occasion s'offre d'aller encore à la Balme pour affaires du chapitre. Le chanoine s'y rendra le lendemain, mais la veille il veut demander à la Joson le gîte et le souper.

Il monte à cheval, après avoir mis une paire de poulets dans ses sacoches. Lorsqu'il arrive, elle est encore à courir les champs. Il met sa monture à l'écurie, entre dans la maison dont il sait où prendre la clé, retire la porte sur lui pour n'être point vu des paysans ; et dans cette solitude, ne sachant que faire, il plume ses deux poulets, les nettoie, et brûle d'envie de les mettre rôtir en les tournant lui-même ayant le dos sur le foyer. « Il eût été plaisant, dit-il, que la Joson me surprît

« dans cette posture. » Malheureusement pour cette mise en scène, la broche était dans une chambre dont l'errante damoiselle avait gardé la clé. A son retour de la promenade, on prépare le souper, et l'on mange lès poulets assez gaîment.

Ainsi, grâce au chanoine, les choses encore se soutiennent. Il sollicite de plus fort son neveu pour qu'il s'aide aussi de son côté : peine perdue! il est toujours plus sot, plus hébété, rien ne le peut tirer de sa léthargie.

Le chancine est à bout de patience. *Verba volant, scripta manent.* Croyant que ses exhortations écrites seront plus puissantes que ses paroles, il adresse une longue épître à son neveu, lui demande une catégorique explication de sa trop singulière conduite, et le somme de déclarer si, oui ou non, il persiste dans ses vues matrimoniales. Il reçoit pour réponse nouvelles protestations d'amour, nouvelles prières de continuer ses bons offices.

XI

Le 12 août 1751, le chanoine et tous les membres de la famille Ribitel se trouvaient à Sillingy. L'avocat dit en badinant : « A propos, la Joson finit au-
« jourd'hui ses vingt ans. La voilà majeure (1), et
« M. le secrétaire de ville, Bessonis, n'a plus de droit
« sur elle comme son curateur. Il faudra lui faire
« savoir que ses pouvoirs ont cessé. » Aussitôt le chanoine prend la plume, et écrit à M. Bessonis la lettre suivante :

« Monsieur,

« L'adorable Claire-Brune, mademoiselle de la Tour
« du Pin, fille de très généreuse dame de Sillingy,
« Quincy, Luzy et autres lieux, ayant appris de sa

(1) La majorité était fixée à vingt ans par les Royales Constitutions.

« chère maman qu'il y avait aujourd'hui vingt ans
« qu'elle fut mise au monde pour le bonheur, dit-on,
« du neveu de ce grand coquin de chanoine qui prit la
« chape et fit si bien les choses en l'ondoyant, ména-
« geant dès lors ses bonnes grâces par une politique
« prophétique qui lui a beaucoup servi dans le présent
« négoce, dont êtes très informé ; et en conséquence,
« ladite très aimable demoiselle, fine comme l'ambre,
« douce comme satin, polie comme marbre et blanche
« comme neige, ayant ouï dire à son très illustre et
« jurisprudent beau-père qu'un fille dès lors n'est plus
« sujette à gratelle, tutelle, ni curatelle ; ladite en ques-
« tion, dès longtemps dégagée de la bagatelle, n'ayant
« point l'esprit volatile en femelle, vous prie et conjure
« de la rayer enfin de votre matricule, vous avertissant,
« en échange, de bientôt radouber parchemin fort et
« large,

« Pour apprendre à postérité
« Comment, par vertu d'antimoine (1),
« On tire des pattes du moine
« Une ample et belle hérédité. »

Signé : L'ami Aubert, secrétaire.

Après avoir lu ce chef-d'œuvre épistolaire à la Joson et aux grands parents, le chanoine charge Charlot de le porter à son adresse.

M. Bessonis répond le même jour par le même courrier :

« Monsieur, puisque monsieur y a, bonjour bonne « œuvre. A quelque chose malheur est bon. Tant « va la cruche à l'eau qu'à la fin elle fend. De trois « choses Dieu nous garde : de bœuf salé sans mou- « tarde, d'un valet qui se regarde et d'une femme qui « se farde. Mieux vaut bonne renommée que ceinture « dorée. A fol fortune. Le diable n'est pas toujours à la « porte d'un pauvre homme. Les petits deviennent « grands, et les mères ont des enfants. A propos de « quoi je juge qu'il était fort à propos de me ramente- « voir que notre aimable défunte pupille est devenue « majeure et hors de ma puissance, afin que je ne me « conchie pas si elle aliène son corps et ses biens, tri- « pes et boudins, pourvû que mort naturelle ne s'en- « suive, et qu'au contraire elle se dépêche de travailler « de tous ses sens de nature, en tout bien et tout hon- « neur, à me faire en amis des arrière-neveux pour « que je voie leur quatrième génération (ceci est ma- « tière de bréviaire). Avouez-moi donc sans fard que « vous seriez bien fâché aujourd'hui de déambuler les « *Compites* et *Quadrives* de l'école, et que bien mieux « vaut sillogiser en sillogisant la verbocination latine « avec le dévot grand-vicaire du temps jadis (1) qui

(1) Le R. P. Ribitel.

« prêche si bien la St-Dominique, et le très révérend
« et dévot orateur du beau premier jour de mai, sans
« oublier madame l'oratrice, la mère de la fille, et l'une
« des braves gens jadis de mon Quartier, que je prie
« d'agréer mes baisemains, avec la lettre de voiture ci-
« après :

« A la garde de Dieu, et à la conduite du sieur Cro-
« chon, je vous envoie mon ami André, lequel ayant
« reçu bien conditionné, vous me le renverrez de même
« bien frotté, crotté, botté, éperonné, et franc de port
« suivant l'avis du défunt et inutile curateur de *la da-*
« *moidéla de la Tor du Pain.*

« *ADIU GOGAN!* »

Si nous avons reproduit ces deux lettres, ce n'est pas qu'elles soient des modèles d'un goût bien épuré; mais elles font connaître le côté rabelaisien de l'esprit de nos pères.

XII

Bien que toujours polie envers l'oncle, l'adorable claire-brune se montre de plus en plus rétive à l'endroit du neveu.

Elle parle d'entrer dans un couvent. Le chanoine combat à outrance cette fausse vocation. Il charge Charlot Crochon de plaider un peu pour André. Charlot y consent. Dans le jardin de Sillingy, il a un long entretien avec sa cousine. Le chanoine surprend la conversation en se traînant, couché dans l'herbe, derrière un rideau de pois ramés.

Comme l'on croit facilement ce que l'on désire, il s'imagine que l'éloquence de Charlot a un peu ébranlé la Joson. Aussi, de retour à Annecy, s'empresse-t-il de lui écrire qu'il va demander sa main à ses parents.

Mais l'effet de cette missive n'est du tout point favorable. La réponse porte en substance *qu'avant de songer au mariage, le jeune bachelier doit aller à Salamanque achever ses études.*

André devient toujours plus taciturne.

Pour suppléer au défaut de la parole, l'oncle compose pour lui des lettres d'amour ; il les transcrit et les envoie à son inhumaine.

Si elle les lit, elle n'y répond pas.

Il paraîtrait qu'à cette époque (mais cette partie de l'histoire est assez obscure dans le manuscrit du chanoine), ayant tout de bon tourné le dos à André, elle cherchait un mari sur un autre point de l'horizon.

Elle suivait d'ailleurs trop volontiers les conseils de son parent le jacobin Favre, de ce petit-maître qui assistait chaque matin à la toilette de trois dames. C'est à lui apparemment que faisait allusion André dans ce passage d'une de ses lettres : « Il y aurait eu plus de « gloire pour moi d'avoir sçu imiter les attitudes d'un « *polichinel enfroqué*, que d'être réduit à la réputation « stérile de n'être propre qu'à faire des lettres. »

XIII

Les vacances sont finies. André retourne à Turin. Il part toujours atteint de son mal d'amour.

Le malade n'a pas recouvré la parole.

Il écrit de Turin lettres sur lettres. La Joson ne les décachète pas, les laisse traîner sur les tables de la maison.

De taciturne il devient affreusement mélancolique.

Seul, le chanoine ne désespère pas. Il compte sur un grand mémoire justificatif auquel il travaille sans relâche. Il voit très bien que l'adorable évite sa rencontre; il est même fort convaincu que dans ce temps-là elle n'aurait pas pris de lui de l'eau bénite dans l'église; mais il élabore le fameux *factum* qui doit la convertir, et il ne cesse d'épier toutes les occasions de lui faire sa cour. « En ce temps de carnaval, dit le chanoine, nos « gens de condition représentaient certaines pièces « choisies sur un petit théâtre qu'ils avaient fait faire « dans une salle de la maison de M. le marquis de Sales. « La Josette s'en amusait infiniment, et n'y manquait « jamais. Comme les spectateurs y mangeaient quel- « quefois des confitures, j'en fis provision. Ma place « au théâtre étant au premier rang, je priai la très ai- « mable dame Ruphy, née Marclay, ma grande amie, « amie aussi de la Joson, de se placer au moins au se- « cond rang, et de tâcher de la faire placer à son côté. « La très aimable dame m'en fit la promesse, et je la « mis dans la confidence de ce que je voulais faire. « Mon projet était de porter au spectacle une tourte « maigre, toute coupée par morceaux dans une boîte « bien propre, de la glisser auprès de Mme Ruphy sans « faire semblant de rien, et d'y faire mordre la Joson ; « ce que certainement elle n'aurait pas fait, si elle eût « pu sçavoir que la boîte venait de moi. Mme Ruphy « m'assura que tout irait à mes souhaits, et que la « tourte mangée, on ne manquerait pas de m'en faire « honneur. C'était tout mon désir.

« Ma tourte étant faite, je la coupai toute par mor- « ceaux raisonnables, et les rangeai très proprement « dans une boîte en séparant les couches par du papier

« blanc. Je pliai ma boîte dans ma soutane, ce qui ne « paraissait, le tout étant couvert d'un manteau court, « et j'allai de bonne heure à cette noble comédie. J'at- « tendis plus de 3/4 d'heure dans la chambre des ac- « teurs, qui n'auraient pas manqué de me dévaliser « s'ils avaient sçû quelle contrebande je portai sous « mon manteau. Tout le monde étant enfin placé, je « me mis au premier rang, et vis avec plaisir Mme Ru- « phy au second, assez près de moi et gardant une « place à la Joson. Celle-ci étant arrivée, Mme Ruphy « voulut la faire mettre à son côté, mais s'apercevant « qu'elle m'aurait pour voisin elle s'y refusa et alla se « placer au troisième rang. Mes confitures se débi- « tèrent fort bien sans que j'en fisse les honneurs. « Quant à la tourte, je fis tout ce que je pus pour la « faire manger, l'ayant glissée fort à propos dans sa « boîte vers le bout des pieds de Mme Ruphy. Malheu- « reusement, le parterre était trop éclairé, ce que je « n'avais pas prévu. La très aimable dame, de peur de « faire rire l'assemblée, n'osa jamais prendre ni ouvrir « la boîte, et je fus obligé de la remporter dans ma « soutane. »

XIV

Pour se consoler de cette petite mésaventure, le chanoine n'en travaille qu'avec plus d'ardeur à son grand *factum* justificatif. Il pense que c'est le dernier moyen de ramener la Joson.

Ce mémoire contenait quarante-huit pages. L'exorde en prenait trois. Il était divisé en deux points, l'un présentant la justification du neveu, l'autre renfermant l'apologie de l'oncle. L'apologie était nécessaire, parce que des malveillants, *proh pudor!* avaient cherché à le faire passer pour un Harpagon.

« Ce *factum*, dit le chanoine avec une parfaite mo-
« destie d'auteur, ce *factum* n'était pas bien écrit; mais
« il était fort et persuasif, en même temps affectueux
« et gracieux. Une fille de bronze se serait ramollie en
« le lisant. »

La taciturnité d'André y était attribuée à une sorte d'enchantement ou de maléfice. A l'appui de cette thèse venait une citation de *L'esprit des conversations agréables,* par M. Gayot de Pittaval, où il est ainsi parlé des effets de l'amour et du vin : « On dit que l'amour et le « vin donnent de l'esprit à ceux qui n'en ont point et « l'ôtent à ceux qui en ont. » Le *factum* étant couvert d'un papier doré, lié d'un beau ruban, le chanoine charge son domestique *Liodo* de porter le poulet. Mais ce lourdaud de valet, au lieu d'aller droit au logis des Ribitel, ne s'avise-t-il pas de le présenter à la Joson en pleine rue, lorsqu'elle sortait de la messe! Rabroué comme il le méritait bien, il dut reporter le *factum* à son maître. Bref! après quelques autres tentatives sans résultat, le chanoine finit par le remettre en mains propres; mais, hélas! ce chef-d'œuvre de force et de persuasion ne fut pas même lu, du moins en entier, par la belle inhumaine. Elle laissa le mémoire traîner par la maison. Plus tard, l'avocat Ribitel dit au chanoine qu'il s'était amusé en le lisant devant sa femme et sa fille, pendant le carême après la collation.

XV

Sur ces entrefaites, R^d Ribitel va à la cité d'Aoste ; il passe par Turin et dit à André de la part de Mlle Josette qu'il ne doit plus penser à elle.

Dans son désespoir, il brûle tous ses livres de droit, ses cahiers, son diplôme de bachelier, les attestations de ses professeurs. Il écrit à son oncle qu'il ne retournera plus en Savoie. Il se propose de quitter l'Europe.

Sa tête avait donné le tour.

Tantôt il parle d'aller au Canada, tantôt d'entrer chez les Barnabites ou dans la congrégation de messieurs de l'Oratoire. Le chanoine s'emploie de son mieux à exorciser toutes ces fausses vocations.

Sachant d'ailleurs que la Joson marque très hautement du dépit et de la colère, il en conclut qu'elle est fâchée surtout d'avoir manqué un mari, et que le cas n'est pas absolument désespéré. A son avis, la maladie de la jeune personne n'est point mortelle; seulement il doit redoubler d'attention pour guérir ses deux malades, l'un en Piémont et l'autre en Savoie.

Dans ce but, il prie l'abbé Fontaine de chercher à adoucir l'humeur de la belle. Au retour de sa mission, l'abbé rend compte en ces termes du résultat : » Imagi-« nez-vous un chat sauvage que l'on veut caresser, et « qui à chaque fois qu'on le touche vous donne une « égratignure: » C'est pourquoi il conseille au chanoine de se lever de la tête cette chimère *et de l'envoyer paître les oies.*

Mais le chanoine connaît mieux que le professeur Fontaine toutes les racines grecques du cœur des femmes. Il compare à un tournant d'eau les sentiments d'André et de la Joson : ils ont beau, dit-il, s'éloigner l'un de l'autre, ils ont beau tourner et pirouetter, ils finiront par glisser dans le courant du mariage.

Ne rencontrant plus la charmante et douce minette, il prend le parti de lui adresser encore une missive; il lui écrit entre autres qu'il pleure en pensant à elle, et que cela lui arrive même quelquefois lorsqu'il dit sa messe. L'épître renferme cette phrase : « Tant que « vous ne serez pas religieuse professe ou morte,

« j'espérerai toujours votre conversion, car si vous « en épousiez un autre j'espérerais encore un veu- « vage. »

La Joson ne répond rien à cette lettre, et la renvoie au chanoine avec toutes celles qui l'avaient précédée.

De ce côté, la maladie s'aggrave.

A Turin, André va de mal en pis. Il tombe en fièvre tierce; il se croit en péril de mort, et fait son testament. Abnégation touchante! il institue pour héritier le premier enfant à naître du mariage de Mlle Josette.

Au milieu de toutes ces tribulations, le chanoine compte un peu moins sur sa prose; il fait un appel aux muses et enfante un sonnet. Il suppose artificieusement que son neveu en est l'auteur, que Desmaisons, condisciple du neveu, l'a pris sur sa table à Turin; et il charge l'étudiant de remettre lui-même ce bouquet à Iris. Voici le sonnet :

« Ecoute, si tu peux, inflexible Josette !
« Par l'absence et le temps mon mal ne fait qu'aigrir;
« Tout mon cœur n'est qu'amour, j'en vais bientôt mourir,
« Si toujours cet amour chez toi n'est que sornette.

« Ayant pris tes rigueurs en amoureux athlète,
« Fière bergère, hélas! tu devais t'adoucir :
« Mais puisque mes tourments ne font que t'endurcir,
« Ne pouvant te haïr, je brise ma houlette.

« Que fais-je? c'est ainsi qu'une folle raison
« Me fait désespérer de l'aimable Joson,
« Que je connais trop bien pour taxer de cruelle.

« Je l'adore, elle est juste, eh! pourquoi reculer?
« La constance toujours triompha d'une belle,
« Quand par d'autres vertus on ne sut l'ébranler. »

XVI

Les vers eurent plus de succès que la prose. La demoiselle les lut et les conserva. Ils le méritaient bien. « Ils furent, dit le chanoine, la première étincelle qui « alluma sa conversion, tant il est vrai que tout ce qui « se chante pénètre mieux les esprits ! ce qui fait res- « souvenir du beau passage de St-Ambroise dans sa « préface sur le premier psaume : *Legis tabulæ prius- « quam cantico firmarentur per indignationem Moysis « fractæ et communitæ sunt : ubi vero tali signaculo « consecratæ sunt, humana locum ira non habuit.* »

Deux Révérends, les Pères Dumas et Ribitel travaillaient aussi à la conversion. Un jour, R[d] Dumas dit en présence de la demoiselle *qu'elle était bien la cause que le jeune Aubert n'avait rien fait cette année à Turin;*

mais elle lui répondit d'un ton sec : « Mon père, en « voilà assez ! vos paroles me donnent la fièvre. » Rd Ribitel fit à son tour le récit du désespoir d'André, de sa maladie, et de ses dispositions testamentaires en faveur de l'enfant à naître. Ceci fit une certaine impression. Le lendemain, Rd Dumas ayant demandé à Mlle Josette si sa fièvre était passée, elle lui répondit avec politesse, lui permit même de la badiner sur les belles et héroïques passions qu'elle savait inspirer. Le Rd Père enfila ensuite le récit des tragiques effets du désespoir d'André, redit une partie de ce que le chanoine lui avait fait lire dans son grand *factum ;* et bien qu'elle eût un air de se moquer, elle écoutait avec complaisance, même paraissait prendre un certain plaisir à la conversation.

Charmé de ces premières apparences de retour à des sentiments plus traitables, pour achever la guérison de l'adorable fille, le chanoine élabore un second *factum* en trente et une pages, avec toutes les pièces à l'appui, les lettres, la copie du testament, etc., etc.

Le neveu, d'ailleurs, étant remis de sa fièvre tierce, le chanoine le décide à revenir en Savoie pour changer d'air, et aussi pour faire encore une tentative.

André a trouvé à Turin un nouvel ami, M. Béardé, l'aîné. Ils quittent le Piémont ensemble, et vont passer

quelques jours à la campagne de l'*Abbaye*, à deux lieues de la petite ville d'Yenne. Alarmé de ce voisinage de la Grande-Chartreuse, persuadé en outre que son neveu donnera à droite ou à gauche selon qu'il sera bien ou mal conseillé, le chanoine écrit à M. Béardé pour faire entrer dans ses vues ce nouveau directeur de l'esprit du jeune homme. Dans sa lettre, il a grand soin de se récrier de plus belle contre les fausses vocations. « Le « voilà, dit-il, près de la Grande-Chartreuse ; c'est là « apparemment qu'il va se jeter, comme dit la chanson, « *pour l'amour d'une fille !* . . . .
« . . . . S'il est toujours décidé « contre le mariage, il n'est point nécessaire pour cela « de s'enfroquer ou de s'exiler, ni de s'enfoncer dans « un cloître en vrai héros de roman. » Il écrit aussi à André qui se flattait de pouvoir surmonter son amour : « On porte en croupe sa passion, mon cher neveu. Si « on galope pour la faire tomber, elle embrasse son ca- « valier, et se tient ferme sans broncher. *Equitem se- « quitur atra cura* : c'est bien pire quand c'est *blanda « cura !* »

XVII

Cependant, la Joson est à Alby, et le chanoine veut la prévenir du retour d'André. Le second *factum* est achevé; il y joint une grande lettre qu'il arrose encore de ses larmes; et à ce propos, il s'excuse ainsi d'en verser trop souvent : « On ne manquera pas sans doute « de se mocquer de me voir pleurer si souvent dans « cette affaire; il semble être honteux en effet de voir « pleurer comme un enfant un homme de cinquante « ans, un homme grand, fort et robuste, encore un « prêtre, et cela dans la crainte de n'avoir pas une « femme ! J'avoue moi-même n'avoir jamais lu, dans le « 3e chap. du 2e livre des Rois, le renvoi de Michol

« à David sans avoir levé les épaules de pitié contre son « mari Phalthiel à qui on l'enleva pour la rendre à David, lequel mari la suivait en pleurant, comme le re« marque l'Ecriture (1) ; mais il ne m'arrivera plus de « m'en mocquer depuis ma propre expérience ; non « parce que j'ai souvent pleuré moi-même pour pa« reille chose, car ce serait là une mauvaise raison, « mais parce que je suis très persuadé qu'une excel« lente femme mérite bien qu'on la regrette par des « pleurs quand on la perd. »

Loay, garçon de ferme au Crévion, et que le chanoine appelle son *Page aux pieds nus*, est chargé de porter à Alby la lettre et le *factum*, le tout roulé comme une paire de lunettes et enveloppé d'une paire de jarretières.

C'étaient des jarretières toutes neuves dont on avait fait présent au chanoine ; elles étaient de soie et de couleur verte. Ce rouleau de bon goût le met en verve ; et pour mettre la Joson en belle humeur, il a l'ingénieuse idée de glisser dans le paquet huit superbes alexandrins. « Peut-être, dit-il, je les fis bien un peu trop « galants ; mais on ne peut pas faire des mariages sans « parler ce langage. Mon intention était bonne, on me

(1) *Sequebaturque eam vir Suus, plorans usquè Bahur im.*

« pardonnera le reste. Voici les vers qui se ressentent
« de ma précipitation :

« La Joson bondissant, et courant devant nous,
« Nous a mis hors d'haleine, et nous a fait morfondre ;
« Mais ces lieus d'amour ont daigné nous répondre
« D'arrêter cette belle au-dessus des genoux.

« Allez, volez, courez, pliante jarretière !
« Entortillez-vous donc sur cette fine peau,
« Et par un stratagème et plaisant et nouveau,
« Nous la tiendrons un jour sur la verte fougère. »

Dans l'enveloppe de la grande lettre, il insinue encore ces quelques petits mots :

« Mademoiselle, je vous envoie mon page d'autant
« plus volontiers qu'il s'acquitta à merveille de sa com-
« mission en son premier voyage du mois de juin. Ja-
« mais je n'ai ambitionné l'état d'un domestique qu'à
« présent. Quel plaisir, en effet, n'aurais-je pas de pas-
« ser quelques heures seul avec vous ! J'aurais à vous
« entretenir huit jours de suite des affaires dont vous
« allez être l'unique arbitre, mais je suis toujours mal-
« heureux. J'espère que ce dernier écrit y suffira. Je
« vins hier au soir au Crévion pour faire partir mon
« *Loay* qui est un peu plus éveillé que mon sot de
« *Liodo* qui vous présenta au milieu de la rue mon
« premier *factum*, dont j'eus un chagrin mortel. Je ne

« puis plus voir la ville dès que vous êtes à la cam-
« pagne, où je vous vois toujours en idée. »

XVIII

Le mémoire produisit le meilleur effet. Après l'avoir lu, et aussi poussée un peu par ses parents, la charmante avait résolu de se rendre ; mais ses bonnes dispositions furent longtemps ignorées du chanoine. Il dut continuer ses travaux herculéens. Il n'était pas au bout, et voici bien un autre embarras !

André l'incendiaire s'est mis en tête la sotte idée qu'il est impropre aux devoirs du mariage ; il mande à son oncle qu'il se croit incapable de faire le bonheur de la Joson. Cette billevesée lui attire cette verte réplique : « On répond ordinairement à un capucin qui se signe « *capucin indigne* au bas d'une lettre : *De quoi diable* « *seras-tu digne si tu n'es pas digne d'être capucin?* « (ce que je ne dis ici qu'en badinant, étant pénétré

« d'un grand respect pour ce saint ordre). Je vous dis « donc de même, mon neveu : de quoi diable seras-tu « capable si tu ne l'es pas d'épouser une aimable et « jeune fille? »

Reprenant courage, le neveu, qui est toujours à l'*Abbaye*, écrit une lettre à son inhumaine, et lui demande à genoux *si elle lui permettra de vivre?*

Le chanoine va du Crévion à Alby chercher une réponse; il est arrivé assez tôt pour donner du jour au lit de la charmante, et la surprend dans le simple appareil; mais il ne peut la joindre, ni l'entretenir en particulier. Bien que souriante et gracieuse, elle lui échappait toujours.

Aussi, de retour au Crévion, s'empresse-t-il de lui envoyer des excuses pour ne lui avoir pas même adressé la parole. Voici quelques fragments de sa lettre : « Dieu « sait qu'en faisant ce voyage, j'ai eu en vue de vous « gagner la première comme la pièce la plus impor- « tante de notre sac, et la personne la plus rétive qu'on « ait jamais pu rencontrer sur les routes de Cythère! « J'avais l'idée de vous *incendier* des feux de mon ami- « tié, et de ceux de l'amour immense de mon neveu, « dont j'avais en poche les preuves les plus authen- « tiques . . . .

« Je n'ai pas même eu la force d'en faire autant que le

« pauvre André, qui vous assurait au moins quelque-
« fois *de l'intégrité de ses sentiments* . . . .
« . . . .
« La première personne que je découvris en entrant
« chez M. Ribitel fut la diligente Josette. Je brûlais
« d'envie de lui baiser la main ; et le croirez-vous, je
« fis semblant de ne l'avoir pas aperçue, craignant de
« la désobliger dans son déshabillé . . . .
« J'ai fait plusieurs demi soupirs ; j'en fis un tout en-
« tier au premier bonjour que j'eus l'honneur de lui
« donner . . . .
« . . . .
« Je croyais être assez savant dans l'art d'aimer, mais
« je vois que je n'en avais pas appris tous les détours,
« et tous les revers. Il n'est pas étonnant qu'une jeune
« demoiselle s'y méprenne, tandis que des vieux rou-
« tiers y font de si grands écarts . . . . »

Il termine en la suppliant d'avoir pour son neveu l'œil de la colombe, et de lui épargner le regard du basilic.

XIX

Le *vieux routier* va se promener du Crévion à Vouchy, chez les Pères barnabites. Il est très agréablement surpris d'y rencontrer Mlle Josette.

Tous les Ribitel avaient dîné dans cette pieuse maison. Au moment du départ, le Père Dumas dit en confidence au chanoine que la belle est enfin décidée à capituler. Aussi, comme elle était déjà en selle, le chanoine, dont le cœur est gros de joie, s'approche tout épanoui, se contente de bien lui serrer la main, et la prie de se conserver.

Il apprend ensuite qu'avant le dîner le Père Dumas a eu avec elle une longue conférence, qu'elle lui a avoué qu'elle finissait par se rendre, mais qu'elle en était encore à comprendre comment elle avait pu en venir à ce point, qu'elle aurait cru que le Rhône aurait remonté contre sa source plutôt qu'elle n'aurait surmonté son aversion.

A cet heureux revirement le chanoine trouve une explication toute naturelle, et comme toujours puisée dans sa connaissance de la racine grecque du cœur. L'aversion avait pour cause le dépit; elle s'était imaginée qu'elle avait été dupe de semblants amoureux ; elle croyait qu'on l'avait jouée : or, le dépit suppose l'amour, et le dépit s'en allant, l'amour reste. Il est vrai que sa première belle passion n'était pas encore revenue. Elle ne revint même que beaucoup plus tard, et par les grâces du sacrement. Aussi, en parlant de cet amour à l'état de seconde éclosion, le chanoine dit un jour à l'abbé Fontaine que pour le rendre parfait comme celui des pénitents qui n'ont encore que l'attrition, il fallait y ajouter le sacrement. L'abbé trouva le mot assez joli pour en faire l'épigramme suivante, adressée à Joson-Cloris.

« L'AMOUR COMMENCÉ.

« A CLORIS.

« ÉPIGRAMME.

« Vous reprochez à tort au malheureux Clitandre
« Qu'il n'ait encor pour vous qu'un amour commencé :
« Ce reproche, en effet, peut-il être sensé,
« S'il n'a tenu qu'à vous de le rendre plus tendre !

« Demandez-vous comment il faut donc vous y prendre
« Pour pousser sa tendresse au plus vif sentiment?

« Dès longtemps ma réponse est prête :
« Il en sera de lui comme d'un pénitent,
« Ajoutez-y le sacrement,
« Et la voilà parfaite. »

XX

En recevant l'heureuse nouvelle du revirement de la Joson, André-Clitandre et son ami Béardé partent de l'*Abbaye* pour Annecy. Comme ils devaient, en passant à Alby, s'arrêter dans la maison Ribitel, ils eurent soin de faire à Chambéry ample provision d'excellent gibier. L'avocat et son Révérend frère étaient coutumiers du mignon péché de gourmandise. Les jeunes gens avec leur chasse furent donc les très bien venus. Mais à ce revoir André et la charmante furent un peu bien embarrassés. Il essaya de dire par moments quelques petits mots. Elle fit la sourde, et se montra toujours rétive.

Elle tenait à ces deux vices rédhibitoires.

La première entrevue, du reste, fut très courte. Les

voyageurs prirent congé et arrivèrent le soir au Crévion où le chanoine fut ravi de tenir enfin dans ses bras son désespéré de neveu. En apprenant que la visite à Alby n'a pas eu tout le succès possible, et que la Joson a toujours échappé comme anguille, l'excellent chanoine dit au neveu : « Je vois fort bien que tu ne sais pas encore « la bonne manière de l'entreprendre. Il ne faut pas « t'embarrasser dans la première phrase, que d'ordi- « naire elle n'écoute pas. Elle est comme un cheval « qui trépigne quand on veut le monter : il faut lui « parler ferme au début, et te radoucir ensuite, lors- « qu'elle aura été fixée par un premier coup de main « fortement appuyé sur la selle. »

XXI

Mais, triste retour des choses du cœur! en revoyant son prétendu, la belle a rechu dans ses premières aversions. André va une seconde fois à Alby. Il y fait quelques révérences de plus, allonge quelques phrases de plus; mais la Joson toujours lui échappe.

Enfin, le 10 octobre, le chanoine prend la résolution d'aller chercher une parole définitive. Il trouve toute la maison bouleversée. Mme Ribitel, excitée par son mari, a malmené sa fille, l'a menacée du couvent, et lui a donné jusqu'à l'après-midi seulement pour qu'elle se décide entre le cloître et le mari. La pauvrette est gémissante au coin du feu de la cuisine. Le chanoine est désespéré qu'on ait eu recours aux moyens violents. Il adresse à la belle éplorée force excuses, force priéres, force supplications, et lui parle du constant amour d'André, de l'intégrité de ses sentiments : mais à toutes ses homélies elle répond tout net : « Oui! je sais « qu'il m'aime, mais, moi, je ne l'aime point ! » Le chanoine tombe de son haut. Il y perd son grec et son latin.

Jusque-là il avait pensé que pour décider la cruelle il suffisait de bien la convaincre de l'amour du neveu. Dans ce but, il avait tout mis en œuvre, lettres nombreuses et instructives, *factums* justificatifs, prose et alexandrins; et lorsqu'il croit toucher au terme, voilà que subitement aigrie par la dureté de ses proches, elle fait retomber sur l'innocent et malheureux Clitandre toute la tempête soulevée à son occasion !

Le mauvais temps, se dit le chanoine, vient seulement de ce côté; alors, il prie et supplie encore; il rappelle à l'adorable qu'autrefois elle était moins dure pour le faux Crochon. « J'avoue, réplique-t-elle, que « j'ai aimé votre neveu sur sa manière d'écrire ; mais à « son premier retour de Turin je m'étais déjà dégoûtée « de lui parce qu'en effet il se comporta, vous le savez, « très mal à mon égard. Tout ce que vous avez fait en- « suite, vos discours et vos écrits m'avaient calmée, et « depuis quelque temps j'étais résolue de l'épouser; « mais, en le revoyant ici ces jours passés, mes pre- « mières aversions sont revenues. Je ne sais ce que

« c'est que tout cela. Je cherche à l'aimer, à me vain-
« cre sur ce point, mais je ne puis ; je crois que c'est
« un prestige, un sortilége..... enfin, je suis bien mal-
« heureuse ! »

A ce dernier mot, le chanoine fond en larmes ; jamais, dit-il, elles ne coulèrent de si bonne grace.

Soulagé par cette effusion, il reprend un peu ses esprits, et il épuise tout ce qui peut se dire de plus insinuant et de plus tendre. Ses pleurs bien plus que ses raisons la désarment. Elle le quitte en lui disant qu'elle donnera une suprême réponse au Père Ribitel.

XXII

On dîne tranquillement, et sans faire aucune allusion aux scènes du matin. R^{d} Ribitel rapporte au chanoine qu'elle a été vivement touchée de ses larmes, que cependant elle a bien de la peine à se rendre. La journée passe sans rien conclure, et le chanoine couche à Alby.

Le lendemain, au matin, l'avocat se disposait à partir pour la chasse ; la table était dressée pour le déjeuner ; on avait déjà servi le thé au lait ; la Joson était depuis longtemps au jardin avec Ribitel le barnabite. On appelle ce Révérend pour qu'il vienne prendre son thé ; il tarde encore quelque peu, puis rentre enfin avec la demoiselle, et s'adressant à sa belle-sœur : « Madame, dit-il, voilà le chanoine Aubert qui demande « votre fille en mariage, et votre demoiselle y consent

« si c'est votre bon plaisir. » Mme Ribitel répond d'une façon très courtoise ; mais encore tout sot d'avoir été tant battu et abattu, le chanoine n'a pas même l'esprit d'embrasser la mère et la fille.

Dieu sait pourtant, s'écrie-t-il, Dieu seul sait tout ce que j'ai fait, dit, écrit, souffert, pour en venir à cette bienheureuse fin, pour obtenir ce *oui* tant désiré !

XXIII

Le moment était venu de s'occuper des cadeaux de noce. Comme l'on avait calomnié le bon chanoine en cherchant à le faire passer pour un avare, il tenait à faire grandement ses honneurs.

Une dame de Turin voulait se défaire de ses diamants; ils étaient de fort belle eau, et lui avaient couté 8,000 livres; le chanoine en fit l'achat au prix de 2,000.

Heureux temps d'innocence et de candeur primitive, où l'on ne connaissait point les lettres chargées! Pour le transport de Turin à Annecy, les brillants, roulés dans un papier gris, furent jetés tout simplement dans la boîte aux lettres de la place Carignan.

Il y avait 47 diamants, 15 gros et 32 petits. Le plus

gros sert pour la bague ; les autres font une belle croix et des pendants d'oreille. Les petits servent à garnir les pendeloques et les pendants. Un Anglais, horloger fort habile, résidait à Annecy : on lui commande la montre avec la grande chaîne de vermeil ; il se charge de faire mettre à la montre deux boîtes d'or, des plus propres de Genève, l'une tout unie, l'autre ciselée, avec le surtout de chagrin vert orné d'un cercle d'or et de clous d'or. Toute cette commande réussit à merveille, et coûta bien au chanoine soixante patagons. Il achète encore d'un ami une assez belle tabatière. Pour les autres emplettes, les Ribitel ont décidé que l'on fera le grand voyage de Lyon : aussi, l'on ne confectionne à Annecy qu'un habit de cheval pour la Joson.

L'habit est rouge avec parements et collet de *velours*, larges et doubles trennons, et les *almars* d'or. Un castor avec son plumet blanc et un beau point d'Espagne en or complètent le costume.

Le contrat passé, les jeunes gens fiancés, il est donc décidé que l'on ira se promener à Lyon pendant que les proclamations se feront à la paroisse. Au retour, on célèbrera le mariage à Alby ; on le consommera au Crévion. Les Ribitel invitent à faire le voyage le Père Montant, provincial des Cordeliers, un bon réjoui. On écrit à Genève pour avoir un bon carosse. A cette époque, on ne voyageait guère qu'à dos de cheval ou de mulet (1). Si l'on excepte les charriots à bœufs, les voitures dans notre Savoie étaient aussi rares qu'elles l'étaient à Paris du temps de Henri IV, lorsque ce bon roi écrivait à sa mie : « Je n'irai pas tirer vos rideaux ce matin, « vu que ma femme a pris ma coche. »

La coche de Genève devant se trouver à Seyssel au jour indiqué, et tout étant ainsi disposé, on partit d'Annecy le 15 novembre, un jour de mercredi. La caravane se composait de M. et de Mme Ribitel, du Père Ribitel, barnabite, du père Montant le gros réjoui, des deux fiancés, du chanoine, et de deux bons valets; plus, d'un troisième, pour ramener de Seyssel les chevaux des personnes qui devaient monter dans le carrosse. Sur la route, on se régala très bien dans toutes les hôtelleries.

Mais, hélas! dans ce voyage l'ingrate Joson commença par se montrer très peu polie pour le chanoine; ce n'était plus l'adorable fille, la petite sainte Gene-

(1) Par un acte du 14 avril 1699, Chappet notaire, François Lavigne, bourgeois d'Annecy, s'engage envers M. Hély Collomb de Lacharrière et M. Jean-Baptiste Saxe, - ces deux derniers en qualité *de traittants des postes et messageries en Genevois*, à faire chaque semaine *deux* voyages d'Annecy à Genève, et *un* voyage à Chambéry, en portant et rapportant *les malles d'estaffet et messageries*.

viève avec son agneau frisé et son ruban bleu. On doit ajouter qu'elle ne fut du tout point complaisante pour son futur, qui pourtant se comportait aussi bien qu'elle voulait le permettre.

A Lyon, aussitôt après le débotter et le dîner on se promène un peu par la ville. La Joson n'a pas voulu changer d'habit ; elle a gardé celui d'écuyère, avec le castor, le plumet blanc, le point d'Espagne. Elle a, ainsi costumée, un beau succès dans les rues. Chacun accourt pour la voir. Les courtauds sortent des boutiques. « C'est une Anglaise ! » disent les uns. « C'est une Hollandaise ! » disent les autres. Tous vont répétant : « Qu'elle est jolie ! Comme elle est rose et blanche ! » Il est vrai qu'elle était charmante sous cet habit de cheval ; mais elle l'eût été bien davantage si elle s'était fait marronner, qu'elle eût porté ses diamants, et fièrement donné le bras à son fiancé. Malheureusement, elle avait gardé sous son chapeau un mouchoir qui la couvrait trop. Puis n'ayant jamais donné le bras à personne, elle marchait seule et négligemment à côté de son beau-père ou d'André, ce qui diminuait de beaucoup ses graces.

Le lendemain de l'arrivée, elle se fit voir sous le même costume ; et tout le monde encore sortait des boutiques à son passage, tant elle plaisait aux Lyonnais. Les jours suivants elle prit d'autres habits, afin de n'être plus tant remarquée ni inquiétée.

On passa ainsi toute une semaine dans la seconde ville de France. En dentelles, en étuis d'argent avec les armes accolées des deux familles, en boîtes de senteur, pendants d'oreille, rubans, bas de soie, pompons et colifichets, le chanoine finit par laisser à Lyon un gros argent ; mais comme il ignorait certains usages, il oublia de faire des cadeaux à l'avocat Ribitel et à son révérend frère : aussi, le voyage du retour se fit avec assez peu de cordialité. Le chanoine et les Ribitel se piquaient à tout propos. La Joson se montrait toujours moins polie et moins reconnaissante.

En passant à Chambéry, elle était bien allée à confesse, mais elle n'en devint pas plus affectueuse.

Décidément, le chanoine n'était plus sous le charme de cette adorable fille.

XXIV

La fête de saint André était le jour fixé pour le mariage. La veille, il faillit rompre. Le barnabite, qui avait sur le cœur l'oubli des cadeaux, monta la tête de Mme Ribitel à propos de certains procédés du chanoine, que l'on avait dénaturés et noircis. L'ami Bessonis et le Père Dumas raccommodèrent la maille défaite. Enfin, le 30 novembre, dans l'église d'Alby, le chanoine administra le sacrement et ses grâces à un neveu *qui avait du sentiment mais n'en témoignait guère*, et à une charmante nièce qui n'était pas la rose sans épine : « Dieu « soit béni ! exclame le chanoine, c'est une de ses « croix ; je la porterai jusqu'à la mort. »

Le dîner fut un peu sérieux pour un festin de noces. La tristesse de l'épouse, un jour pareil, n'avait rien d'extraordinaire ; elle devait bien montrer quelque regret de quitter le giron maternel. Puis, si elle répandit quelques larmes, historien désillusionné et trop véridique, le chanoine prétend que plus tard elle lui fit l'aveu d'avoir employé des oignons pour se donner des airs de pleureuse.

Aussitôt le couvert levé, on partit d'Alby en belle cavalcade. L'épouse portait son magnifique habit de cheval, avec le chapeau à plumes et le point d'Espagne. Elle montait une jument forte et fringante, toute trênnée de rubans et proprement harnachée. Quand on eût fait les premières montées, elle lui lâcha la bride et se mit à galoper, faisant bien voir ainsi comment elle regrettait la maison Ribitel. La bise était très mauvaise ce jour-là, et jetait de temps en temps les chapeaux à terre ; mais à cela près, tout fut gai et heureux, hors les chevaux qui gagnèrent bien leur avoine ; car la Joson, qui se tenait bien en selle, aimait passionnément le galop.

Mme Aubert et plusieurs amis attendaient la noce au Crévion. En touchant à cet heureux séjour, il semblait qu'on eût passé la ligne et qu'on fût entré dans un nouveau monde. Une symphonie était préparée sous les marronniers de la terrasse, pour saluer la bienvenue. Il y avait là M. Dépouilly, maître de musique de la collégiale de Notre-Dame, l'abbé Fontaine, professeur de philosophie, et dom Ducol, bénédictin. A ces habiles exécutants se joignirent bientôt M. Bessonis avec sa basse, le chanoine avec son violon; et toutes les ombres noires s'envolèrent bien vite. Un grand feu ayant aussi ranimé toute la compagnie, on ne pensa plus qu'à chanter, danser et rire.

Dom Ducol avait composé pour la circonstance une pièce de chant et de musique des plus burlesques. Elle ne rendait que trop bien les phrases fescennines *(Erotica verba)* que le bénédictin avait pillées un peu partout pour en faire un épithalame. Le poème était en latin, ce qui fut très heureux, les dames ne le comprenant pas.

M. Fournier, du Grand-Bornand, curé de Léchaux, un vrai poète celui-là, avait aussi envoyé quelques jolis vers sur un œillet piqué par une rose. Il avait de plus composé une pastorale, dont voici quelques passages assurément bien remarquables :

« Tous nos bergers en sont en fête,
« Il n'est que festins et banquets,
« Feux de joie, chansons et ballets ;
« Métys au son de sa musette
« D'aise sautille sur l'herbette ;
« Lycas, fredonnant ses airs gais,
« Recommence sur nouveaux frais ;
« Ménalque fait la pirouette,

« Et dans le vin éteint ses feux secrets
« Pour Lucille qui le maltraite.
« . . . .
« . . . .
« . . . .
« . . . .

« Calcas, surnommé le Devin,
« Et qui ne fait ses prophéties
« Que lorsqu'il est trempé de vin ;
« Rempli de son esprit divin,
« Après maintes vives saillies :

« Je vois, je vois, dit-il, la *Tour du Pin*
« Attaquée par les harpies,
« Un berger, la férule en main,
« Les en chasser comme des pies,
« Et les mener loin, le bon train.

« Ce ne sont point des harpies femelles
« Ni qui volent avec des ailes,
« Mais certains barbares humains
« Qu'on n'ose plus appeler moines,
« Qui pour prendre ont plusieurs mains
« Et dévorent les patrimoines.

« . . . .
« . . . .
« . . . .
« . . . . »

Nous en passons, et des meilleurs.

L'allusion aux révérends et joyeux compères de Talloires est, on le voit, aussi fine que transparente ; pour les chanter, le poète-curé de Léchaux ne mettait point ses plus blanches manchettes : mais *ceci est matière de bréviaire*.

XXV

On avait bien dîné à Alby, on soupa encore mieux au Crévion. Les uns ne s'étaient pas trouvés au dîner; la bise avait rouvert l'appétit des autres.

Sur la fin du repas, le chanoine craignait qu'on ne fît des folies pour emmener l'épouse, ou qu'elle ne fît de sottes difficultés pour s'en aller. Mais tout se passa sans bruit. L'épouse se leva doucement de table. Une ou deux dames la suivirent. Le neveu assez longtemps après fit de même, et ne fut suivi de personne. Trois ou quatre des convives, parmi les plus éveillés, préparèrent bien une rôtie, mais ils la mangèrent eux-mêmes, et n'en portèrent point aux nouveaux mariés. Le chanoine avait prié de les laisser en paix. Connaissant leur naturel effarouché, il pensait avec raison qu'ils devaient être déjà assez étourdis et étonnés de se trouver ensemble. Du reste, une copieuse rôtie fut faite le lendemain, puis portée en grande cérémonie au spectable avocat Ribitel et à madame son épouse.

A cet endroit de notre récit se place un mystère qui a préoccupé beaucoup le bon chanoine. A vouloir l'éclaircir, il a consacré au moins trois grandes pages. Sans chercher après lui à lever les voiles de l'alcôve, contentons-nous de dire que selon toutes les probabilités la Joson fit subir à son tendre époux la dure épreuve, sinon des trois nuits et trois jours, au moins de deux des nuits du jeune Tobie lorsqu'il s'unit à Sara, fille de Raguel. « Or, dit le chanoine, c'est une dévotion « que je n'approuve guère que dans les vrais Tobies. »

Le lendemain du mariage, il y eut grande symphonie à la première messe de l'épouse, qui fut dite à la chapelle domestique après le déjeuner.

Tous les invités à la noce restèrent au Crévion pendant cinq jours. D'autres amis remplacèrent ensuite les plus pressés de partir. On s'égaya infiniment par toutes sortes de jeux. Les chants, la danse et la musique succédaient à chacun des quatre repas. Claudine Paget, cuisinière du chanoine, était un cordon bleu ; et l'on avait pour le maigre du très beau poisson de Genève.

Tout ce temps passé au Crévion, qui prit une douzaine de jours, fut le plus gracieux du monde.

XXVI

Il ne restait plus dans le champêtre asile que Mlle Philiberte Crochon, devenue plus tard Mme Marchant. Tous les autres gens de la noce étaient partis.

Un beau matin, les époux ne descendent pas de leur chambre. Le chanoine envoie la domestique écouter pour savoir s'ils ne bougent point. La messagère rapporte qu'au dortoir le silence est complet. La matinée avance, il est déjà tard. On attend, on écoute encore. Même silence au dortoir. Personne ne remue. Le chanoine, qui riait dans sa barbe, va tout doucement avertir Mlle Philiberte de ne faire aucun bruit. Midi sonne, et l'on dîne sans les mariés. Vers une heure et demie, M. Greyfié, qui habitait Montagny, vient en visite. On l'amuse de l'endormie des deux jeunes gens. Une deuxième heure s'écoule; enfin, l'on commence à se réveiller.

Pour pousser la plaisanterie jusqu'au bout, le chanoine a reculé la montre de la Joson, qu'elle avait laissée au salon la veille.

Vers les deux heures, elle descend ses jarretières à la main, et donne un bonjour. L'oncle lui demande si elle veut son café. Elle dit qu'elle le prendra volontiers, et passe dans le cabinet à côté du salon pour faire sa prière du matin.

Le neveu descend à son tour, et comme il a grand appétit, il annonce qu'il prendra pour déjeuner autre chose que du café.

C'était jour maigre. La servante vient à passer, et le chanoine affecte de lui dire très haut : « A propos, « Claudine, n'y a-t-il pas encore du poisson? » Elle répond affirmativement. « Eh bien! ajoute-t-il, quand « il sera temps vous l'accommoderez pour le dîner, car « M. Greyfié nous fera bien la grâce de manger la soupe « ici. » Les deux jeunes gens prirent à merveille ce brûlot, et l'on s'amusa auprès du feu sans sortir, eux attendant toujours midi et le couvert.

Il était passé trois heures; le chanoine était obligé de venir à Annecy; ne pouvant plus reculer son départ, il prend la Joson en particulier, et lui dit : « Que veux-

« tu envoyer à Mme Ribitel? » — « Quoi! dit-elle, par-« tez-vous donc avant dîner? » Le chanoine l'embrasse et lui montrant la fenêtre : « Ne vois-tu pas, grosse « folle, qu'il est nuit bientôt! Regarde où en est le so-« leil. » Les voilà tous à rire.

Elle ne pouvait croire la chose, et ne se rendit qu'en voyant le soleil à une heure de son couchant.

Elle pria bien le cher oncle de ne rien dire à Annecy de cette *jolie petite aventure;* mais puisque l'excellent homme en a conservé le souvenir, nous pensons qu'elle doit former la conclusion toute naturelle des amours de la Joson.

La note qui suit a été omise et se rapporte à la page 48.

(1) On sait que le célibat de la demoiselle devait entraîner l'échûte des biens de Sillingy aux R[ds] Pères de Talloires.

www.ingramcontent.com/pod-product-compliance
Lightning Source LLC
LaVergne TN
LVHW020031170826
845678LV00001B/209
9782329751030